KB142403

꽃비

꽃비

2024년 8월 19일   초판 1쇄 인쇄 발행

지 은 이 ㅣ 홍인숙
퍼 낸 이 ㅣ 박종래
퍼 낸 곳 ㅣ 도서출판 명성서림

등록번호 ㅣ 301-2014-013
주   소 ㅣ 04625 서울시 중구 필동로 6 (2, 3층)
대표전화 ㅣ 02)2277-2800
팩   스 ㅣ 02)2277-8945
이 메 일 ㅣ ms8944@chol.com

값 10,000원
ISBN 979-11-94200-16-1

※ 잘못된 책은 교환해 드립니다.
※ 이 책 내용의 일부 또는 전부를 재사용하려면 반드시 저작권자의 동의를 얻어야 합니다.

홍인숙 제3시집

꽃비

도서
출판 명성서림

　교수의 강의를 열강 하다보면 시를 쓰게 된 사연이 매우 흥미진진하여 초롱초롱 눈망울을 빛내며 귀를 쫑긋하여 바짝 긴장감이 듭니다.

　휘날리는 꽃비에 하늘로부터 은하수가 쏴하며 몸속으로 흘러 들죠. 꽃비는 움직이는 회화이자 몸으로 쓰는 詩라고, 노벨문학상을 받은 설국의 저자 가와바타 야스나리는 말합니다. 자신의 춤이 미美에 깊이 경도 된 사람이라고. 남자가 위대하다면 여자는 거룩하다고, 우리 핏줄인 여자들의 강인함이야말로 이 세상 모든 남자들이 부러워할만 하다고 말합니다.

　4월에 벚꽃은 불어오는 부드러운 바람에 하얗게 반짝이는 꽃잎들이 휠휠 눈 오듯 날려 꽃비가 꼬마들이나 여인들의 원피스나 치마에도 들러붙어 마치 옷깃에 흰개미가 기어오르듯 희끗희끗 낙점을 찍어 아스팔트 바닥을 덮어 깨갱발로 뛰면 운동화에 날렵하게 올라 앉아 온통 꽃비로 세상을 장식하지요.

흐드러지게 핀 벚꽃은 꽃 보라를 몰고 오죠. 경치가 아름다워 눈앞에 펼쳐진 꽃을 손으로 받으려면 밑으로 떨어지고 또 받으려고 펄쩍 뛰다보면 부드러운 바람은 멈추어 버려 아쉬움만 남아 애꿎은 벚꽃나무만 흘겨보게 되지요.

흙바닥에 떨어진 작은 꽃잎을 주워보면 눅눅한 것이 애처롭게 물먹은 듯이 풀기 없이, 축 처져 필 때와 질 때가 너무도 다르게 홀연히 떠나 버리죠.

꽃비의 시작은 장엄하나 꽃비의 끝은 자연현상으로 평범해지고 싶은 마음이 느껴지면 그것으로 이 시집에 대한 독서 만족도는 최상의 것이 될 것입니다.

2024년 갑진년 청룡의 해, 마들로에서

차례

제1부
꽃비의 단상

제2부

마음의 길

제3부

인생을 슬기롭게

제4부

흥겨운 한마당

제5부
잉걸불이 되어 빛날 때

제1부

꽃비의 단상

꽃비의 단상

농원에 배꽃이 활짝 피면 바람에
하얗게 떨어지는 꽃비가
보고 싶다

배나무 밑에 잡풀이 무성할 때
실바람이 줄기차게 불어와
사부작 꼼지락 댄다

샛요기 먹고 얘기 하다 보면
바둑이도 꽃비에 겅중겅중
뛰어 다닌다

팔을 벌려 받아보려 하지만
손가락 사이로 날려서
꽃비의 단상에 젖어버린다

봄밤

잊고 지내려 하면
더욱 선명히 떠오르는

오늘도 잠 못 이루고
뜬 눈으로 지새우니

살며시 사립문 사이로
잦아드는 새벽안개에

가신님 불러도 대답이 없고
썰렁한 한기만이 애간장 태운다

그대 생각에 오늘도 고운님의
향기 달고 어디로 가나

벌 나비 날던 뜨락에 보랏빛 향기
제비꽃에 입 맞추고

푸석한 낯가림 가릴세라
치마 자락 부여잡고

추임새 한 가닥 넣어보면
나을까

아스파라가스의 향이 입안을 맴 도네

많이 내리는 비보다
간간이 내리는 비가
텃밭을 안성맞춤으로
아스라이 소리 낸다

새싹 아스파라가스를
한줌 따다가 소금물에
살짝 데쳐 납작하게
마늘 썰어서
마가린에 볶고
꼬마토마토를 볶고
아스파라가스를 볶아서
파인애플소스 뿌려 샐러드
맛을 내니 가족이 모두
처음 먹는 엄마의 솜씨란다
예전에
왕이나 귀족이 먹던 음식이라고
토를 달아 알려주니
무변의 꽃말을 지닌 아스파라가스의
향이 입안을 맴 도네

여고시절

여고시절에
나의 별명은 공부벌레다
여고 졸업 때가 다가오면
앙케트 돌려 평을 받는 것이
유행처럼 번질 때다

무한히 넘어지고
무한히 일어서면
다리는 굵어지고
일어나는 시간은
횟수를 거듭할수록
짧아진다

부모님 가시고 우리 할머니는
참기름 장사로 남매를 키우셨다
친구들이 허튼 소릴 해대도
즐겁고 행복했던 시절이었다.

자율봉사

자율봉사란 즐거움을 준다
인종 차별 없이 누구와도
대화를 나눌 수 있다

사심 없이 터 놓을 수 있는
됨됨이가 감춰진 상대가 아니더라도
조용히 다가선다
몸놀림이 자유롭지 못하다면
더욱 더 도움이 필요하다

아트홀 봉사 때 휠체어에
몸을 의지한 고객이 와서 갸웃대는데
사진 한 장 남기라고 한마디 했다

쾌히 응낙하여
본인의 그림 밑에 세웠다
그는 기쁨이 충만하여
경직된 자세는 풀었다

대화가 오가니
느긋한 맘이 드는지
바퀴를 굴리며 삥 돌아 문을 민다

강변을 따라 걷다 보면

넝쿨장미가
짙은 물감으로 생동감 있게
장미꽃을
한아름 안겨준다

손가락사이로 빠져나간
장미향
둘레에 나부끼는 장미향

녹음이 깃든 강둑에 노닐 던
왜가리 떼가
소나기구름에 놀라

강변 모래밭에 새발자국 남기며
풀숲을 헤치고
쏜살같이 허공을 가른다

축산항구를 산책하며

영덕 축산항에 바람나들이
국가어항으로 지정된
대게위판이 열리는 대게원조 마을이란다

블루로드다리 방파제가 끝나는 곳에
빨간 모자탑이 바닷길을 안내하고
짙푸른 바닷물을 가르는
만선의 고깃배에 몰려든 갈매기는
덩달아 풍어를 만끽하며
관광객이 주는 새우깡 따윈 넘보지도 않는다네

안개에 휩싸인 해변의 새벽길
바닷바람이 쌀쌀하여
옛 다방이란 간판 앞에서
문 두드리니
백년손님을 맞듯 반기는 아주머니
쌍화차 한잔에 항구의 이야기가 풀어지자
어느덧 동이 튼 아침

뱃사람 인심을 닮은 대구탕 한 그릇에
지난밤 묵은 속이 뻥 뚫리니
세상이 열리는 하루 앞에
그새 바다가 된 내가 서 있었다
활짝 열린 마음으로

가을이 다가옴을 마음속에 느끼네

창문가에 에티오피아 커피나무 한 그루는
더운 나라의 나무라 쓸쓸하다

빨간 포인세티아 잎 접어 노랗게 물들고
대추나무 몽글거리며 다복이 열매 달려
가을볕에 익어 불그레하다

육교 따라 오가는 이, 짧은 옷소매가
샤링이 피어나는 긴 옷소매로
노을 진 개천가를 따라 걷는다

백로가 날아와 갈대 사이를 헤집으며
물속으로 긴 부리 콕! 집어 물고기 낚아
새끼 먹이며 날아가는 기러기로 눈이 간다

노을에 물든 천변의 갈대도 가을이 옴을 느끼며
에티오피아 커피나무도 겨우살이 염려스럽다

경로당

어린이나 어르신의 그림이
크고 작지만 색상이 다르지 않고
그리는 마음은 매 한가지다

경로당에서 강사의
손짓발짓 따라 손들고
손뼉 치며 노는 모습은
피어나는 한 떨기 꽃이다

화투놀이에 백 원 잃는 것은
막걸리 값으로 잠시 마련이 되고
놀이 문화는 시대 따라 변 한다

세월이 가면 경로당도 쇄신되어
손주들과 어울리는 AI가 될 수도 있다

거품을 품죠

막막한 삶의 기로에 서서
현실이 내뿜는 연기에
몽롱해 집니다

자그마한 개인의 일이
풀리지 않아 허망해
질 때 답답하죠

지인이 알고 너그러이
실타래를 살살 당겨
주면 훨씬 가볍죠

이쪽은 가볍고 저쪽은 무거울 때
시이소는 상대의 의중을
꿰뚫어 보이죠

어디 나도 한번 저질러 볼까?
쿵하면 정신이 번쩍 나
씨익 웃어 버리죠

상대가 가볍고 위협이 느껴질 때
소리 없는 아우성으로
쾅! 내리치면 아얏!
거품을 품죠

공릉커피축제

왁자지껄한 커피의 거리를
누비며 바리스타가 내린 시원한
게이샤커피 한 모금 음미 한다

햇살도 따갑고
햇볕도 응달 없이 내리쬐는
군중의 거리는 활기가 넘쳐난다

갈색의 천막을 찾아
묘한 향기에 도취해 바람결 따라
은행나무 아래서 그리움을 마셔본다

공릉커피축제라고 흔드는 현수막에
매료되어 여권과 시음카드 한 장 들고
요들송 흥얼대며 젊음의 율동을 느껴본다

곱게 단장한 반려견의 나들이도
한몫 선보여 도깨비 튀김으로 슬쩍
흔들어 주인 몰래 능청을 떨어본다

광화문 월대

고궁 앞에 중앙청을 철거한
자리에 광화문 월대가 들어서니
대한민국의 대문이 우뚝 선다

궁궐의 행사가 있을 때 왕은
월대에서 왕비, 공주, 동궁을
앞세우고 하례식을 거행 한다

대비인 어르신께 절을 하며 왕은
농자천하지대본을 비는 축원도 한다

대한역사박물관에서 내려다보면
해치상이 소인배들을 호령 한다

식민지 일제의 강점기 시절엔
철로가 가설되어 지하로 매몰됐다가
경복궁 개축공사로 빛을 보니
내외국인 모두 한빛 되어 국위
선양해 얼씨구 좋~다 하네요

김 탁구빵집은 이웃 아저씨다

솔직하고 착한 맘으로
개성상인인 팔봉선생의 후예로
밑바닥부터 성실하게
빵을 만드는 제빵사로
근면 성실한 탁구의 모습에
온 국민이 감동하여 보던
드라마가 언 듯 스쳐간다

초등학생 때 빵이 먹고 싶어
청산공장에서 훔치다 걸려 훈방조치는
됐지만 "도둑질 할 용기는 있어도
잘못을 책임질 용기는 없나? " 이
한마디에 고물을 주워 모아 팔아서
빚을 갚고 평생 제빵에 정성을 들여
굶주리는 이웃 인생들을 돕고 살았다고 한다

예순이 되어서도 맥아당만을 이용한
직지 글 빵, 단팥빵을 만들어 산업훈장도 받고
동네 유지가 되어 어려운 사람도
살피는 굴지의 사업가로
김 탁구빵집은 이웃 아저씨로 통한다.

은행껍질을 밟다 벌러덩 뒤로

무심코 던진 말이 창에
걸려 꼼짝도
못하고 물끄러미 미소 지며
똑똑 두드려
애처롭게 문 열라고 손짓
하는 단풍잎
한 장 들여 밀며 바람같이
사라져 버리네요

은행잎도 질세라 얼른 찢어진
한 잎 붙이며
노란저고리 빨간 치마 나풀거리며
보도블록에
떨어진 은행 알 주었다가 껍질을 밟아
벌러덩 속치마
보이자 치마 싸잡고 줄달음 치네요

낭송의 메아리는 울리고야 만다

낭송의 맛은
교수에 따라
아, 다르고 어, 다르다
긴장과 해학이
오가는 순간의 바램이다
프린트물의 설명은
아량이고
교수의 목소리는
쥐구멍이다
쉰 목소리에
낭랑한 목소리가
어울려 합창할 때
소프라노 목소리가 튀면
강의실이 단번에
조용해진다
교수의 눈은 가재가 되어
누구의 목소리인지
감지된다
아차, 이런 실수가!

내 안의 온정이 퍼져 눈가가 촉촉해 지지요

옷깃을 여며야 하는 계절이
남과 더불어 살아야 하는 때군요

조카시집 가는데 하와이 출장에
여행이 즐겁다고 허드레 떱니다

지아비는 있어도
지어미는 없어도
지아비 몫은 있답니다

입양 보낸 아들 녀석 성장하면
아버지 찾아 '이역만리'고국을 찾지요

눈물 뿌리며 부자의 정情을 나누고
핏줄임을 밝혀 호적에 올려 '아버지'라고
부를 때 보지 않아도 TV에서 본 것처럼
내 안에 온정이 퍼져 눈가가 촉촉해 지지요

내 친구는 치자 꽃이다

친구와 제주도에 갔다
갈치구이를 파는 식당 정원에
치자 꽃이 환했다

친구가 치자 꽃을 한 송이 꺾어
내게 주었다

치자 꽃 향을 만끽하고 왔다
진딧물도-

치자 꽃을 옮겨 심을 사람이 죽어야
열매를 열린다는 치자 꽃!

눈을 뜨면
달콤한 향기에 이끌려
나도 모르게 치자 꽃을 향해
한~두어 걸음을 옮기다 보면
어느새 현관문을 열어젖혀
강렬하고 아찔하면서도
흐릿한 기억 속에 벗의 얼굴을
떠 올리며 연민의 정을 엿 본다

치자 꽃을 준 벗은
해 말갛게 생겨 바둑이란 별명을 가진
벗의 모습과 흡사하다

훤한 이마에 뽀얀 피부는
다른 사람보다
인물의 됨됨이를

한층 더 돋보인 바둑이다

치자 꽃도 지려면 누렇게 변색이 되고
삶 자체가 하나의 치자 꽃이 되듯이
멍울진 한을 하얗게 풀어서
지면서도 울지 않는 것처럼
보이지만 누렇게 떨어지는
친구의 시집살이는 민며느리다

내일의 방향을 논의 한다면

행사할 때마다
토론할 때마다
작품을 논 할 때마다
가슴이 두근두근 거린다

주민이 모여
주민을 위한 책임자의
의미 있는 얘기는 항상
고차원적이다

서로의 이해하고 권하며
의사소통을 진행한다면
누구나 귀기우려 듣고
화가 나도 고성방가는
조용한 말투로 이루어진다

열기 넘치는 소리보다
훈훈한 미소가 있고
밝은 모습으로 모여
내실의 방향을 논의 한다면

항시 제자리에 맴도는 일은
없을 것이며 오히려 진보적인
방법이 되어 미래가 훤하기 때문이다

대청호수 호반에 서서

대청호수에는 문의 마을의
애끓는 사연이 넘친다
쓸쓸하지만 세월이 지나니
사람이 많이 모이는 관광지가 되었다

봉황의 숲에 올라
물에 잠겼다는 남편의 고향을
짐작해 본다

마을에는
쇳물에 망치질을 하던
대장간이 있었다고 한다

조상대대로
계절 따라 어울려 농사 짓던
문의마을 사연은
가지각색 사연을 품고 호수가 되었다

대한민국의 성년식

운현궁길을 걷는데 왕의
행차가 보인다
명성황후의 가래날이라고
먹거리도 풍부하다
옛 음식은 아니로되 구미가
당기듯 관객이
곳곳에 웅성거려 접시 들고 떡 한 점
젓가락질 해 입에 쏙~
내전에 위엄 있던 석파의 정기는
따스하게 묻어와
후손들에게 훈훈한 혼례식을 보여주고
성년이 되었음을
선포하는 시어른의 모습은 우열의
제격을 떠나
다정다감한 나라의 어르신 모습을
흠없이 서민들에게
보여준 운현궁의 가래행사는 구김 없는
대한민국의 성년식이다

제2부

마음의 길

들 고양이 야옹 대는 모습에

마음을 접고 길을 묵묵히
깃 세워 한걸음 내 딛는다

구름 한 점 없는 둥근 연못은
물방울 머금고
금방이라도 쏟아질 듯이 너른
항아리 찾아
두리번거리지만 물통도 안 보이고
양산만 빛에 내려 쪼이는
뜨거운 햇살이
유모차를 덮어 차양을
끄집어내려
아기의 볼을 쓰다듬는 손길에
한몫 거들어
무한한 애정을 보이며 들 고양이
야옹 대는 모습에
겉옷을 덮어 보도 위를 내 달린다

東方禮儀之國(동방예의지국)

문제가 있다고 발언하면
부정을 긍정으로 여겨
道는 사라지고 不만 커져
말하는 사람이 오히려
무안해 집니다

東方禮儀之國이란 말은
사라지고 위아래가
없는 세상입니다

작은 일에 기쁘고 내 곁에서
도와주는 사람들의
친절이 좋습니다

거짓됨 없이 참됨이 하루 이틀이
지나도 상대를 너그러이
대함이 좋습니다

젊음의 행위는 세월의 나이테에
실금을 그려 흰머리 되고
주름살이 늘어나지요

너도 좋고 나도 좋은 날이 오기도
할 때가 머지않아 보입니다

마들 녘의 흥겨운 한마당

마들 녘에 널리 퍼지는 함성이
창공을 두드려요

몇 년 만에 열리는 북 장구
꽹가리 외침이 어깨를 들썩거려요

탈 쓰고 덩실거리면 드론이 연기
뿜으며 날아 아우성쳐요

비눗방울도 한몫 거들어 얼씨구~
어울림의 한마당 흥겨워 절씨구~

먹거리도 어울렁더울렁 부침개도
주고받으며 모르던 이웃도 좋아요

어울려 활짝 핀 얼굴에 시름은 가고
한바탕 행가래치며 별빛봉 흔들어 노네요

삶을 돌아볼 때

삶을 돌아볼 때
회한이 서린다
어릴 때부터 册과의
씨름이 하루도 아니고
연이어 계속될 때
슬픔도 괴로움도 아닌
자신의 뼈아픈 시련이
연속돼 묵묵히 걷다보니
정상은 안개처럼 보이지만
잡으면 달아나는 허깨비의
유령이듯 사라져 버리는
정체가 그리워 다시
허우적거려 잡으면
손바닥을 슬며시 빠져나가
바람같이 숲속으로 달아나
무심코 주저앉아 흙덩이
뭉쳐 던지면 잠자던
개구락지 개골개골 뛰네

마음의 길

앉으면 뛰고 싶고

서면 앉고 싶은 심정은

나그네의 마음 길이다

목화솜을 폴리에스터 솜으로

포근한 목화솜 이불 덮고
따끈한 아랫목에
연탄불 떼어 저녁마다 솜
이불에 정을 주고
낮은 천장 보며 장년의
계획을 세울 때
심신의 안정을 목화에서
폴리에스터로
전이되니 정情은 동動으로
갈아타고 나른다
시대는 아날로그에서 디지털로
삶의 지렛대를 재고
소녀는 엄마로, 자식은 아버지로
으젓한 건각이 되어
세대를 아우르는 동량이 되니
에미의 기쁨은 뿌듯하기만 하다
하지만
세월의 나이는 어쩔 수가 없지요

무쇠가마솥을 보며

무쇠가마솥을 볼 때마다
할머니 이마에 구부러진
주름살이 생각난다
부엌에서 돼지기름으로
정성들여 닦던 할머니!

밀레의 종소리

밀레의 그림 속에는 뼈 속 깊이
울음소리가 차오른다

바구니속의 떨어진 이삭이 아기의 시체가 되어
굶주림에 목숨을 잃어도

저녁기도에 응하여 눈물을 삼킨 채
시대의 아픔에 목이 멘다

노을에 울려 퍼지는 종소리는 슬픔을 잉태한 채
고개 숙여 자식의 영면함을

두 손 모아 안타까운 심정을 해질 녘에 간곡히 빌며
한 알의 이삭도 아까워

바구니에 담아보려 가슴속에 슬픔을 삼킨다

밤새 안녕도 좋다

각자의 수명은
각자의 노력에
각자의 힘입어
오르고 내리고
늘리고 땡 길 수 있다

자신의 의무와 책임을
다하다 보면 세월은 가고
옆구리 터지는 때가 온다

그때가 길지는 않지만
기다리고 싶지도 않다

소심 것 행동하다 보면
언젠가 내 몫이 되어
나타나서 보쌈질해도
나쁠 것은 없다

순리대로 살아 부음에
응한다면 밤새 안녕도 좋다

노파의 취미는 정원가꾸기다

늘 상 먹던 과일즙 재료가
떨어져 장보러 간다

가는 길에 복개천한 공터에
운동기구가 즐비하다

노파는 취미로 정원을 가꾸는데
아들이 흔들어 놀던 체력기구에
앉아도 보고 기대도 보며
외국 간 아들 그리며 산다

밤새 두세 뿌리가 사라져
자식 떠나보낸 것 같이
쓸쓸하다며 궁시렁 댄다

신품종이 나왔다면 얼른
구입해 허전함을 달래며
아들한테 소식전하면
얼마가 들 던지 종묘에
가서 모종을 구입해 심으라고
하니 그것도 기다림의 묘약인 듯
노파는 눈망울 속에 그리움을 달랜다

봉사의 의미

행사가 연이어 있는 통에
살아가는 날이 바쁘다
야외무대에 버스킹까지
참여해야 하니 육신이
삐져 아프다 한다

낮엔 좋은데 보는 이 마음
같지 않아 고달프다
계절에 따라 연중행사와 어릿광대
처럼 놀아야 한다

즐겁자고 하는 일이 것만 사건이
줄을 이어 발생 한다
개인의 사건도 있고
가족의 사연도 생기고
무척이나 힘든 행사다

하지만 봉사자들의 의연한 태도에
힘이 솟고 용기가 난다

끝날 때까지 유연한 대처만이
봉사의 의미를 나눌 수 있듯이

산나물 대신에 수삼튀김으로

어버이날에 한 번하는 행사라
가고 싶지만 기사가 없어 발버둥 치다

가족들 점심을 맛있게 해먹이고
우산을 쓰며 비를 몸에 뿌린다

창동엔 사람이 없고 직원들의
목청만 울려 퍼져 발목을 잡는다

울릉도나물이 100g에 이천 팔백 원
친구와 같이 장보는데 입이 딱 벌리어 져서

봉지에 담기는 것 보는데 '애, 게'
부피는 커도 삶으면 한 접시 될까 말까

봄은 봄인데 산나물 값이 천정부지다
입은 쓴데 산나물대신 수삼튀김에
허전한 입맛을 달래보네

산문과 운문의 차이는

'시 창작수업'이란 문법책을
읽어 본다
아는 말이 나오면 세세히
밑줄을 긋는다
구상과 표현이 눈부셔 묵념에
접어 들어 꾸벅 거릴 때
은유나 직유는 튀지 않고
조용히 느낀다
자신을 내 보일 때는 호흡이
끊기고 만다
산문과 운문의 차이는 경계선이
어디일까
되뇌어 보지만 隨筆과 詩 차이는
길이나 호흡이다
가만히 타인의 글을 곱씹어 봐도
영역의 한계를 느끼지 못하는
자신이 점점 힘겨워 자리 펴고 싶다

생두부 한 젓가락에 흥겨워져

일 년에 두 번씩 김장을
한 적이 없는데
코로나19로 인하여 가족들이
TV와 신문에 열중해
어찌할 바를 모르고 맛나게
배추겉절이를 버무려
놀고 있는 가족의 입맛을 돋워 주는
아우성에 시 달린다
생생한 겉저리에 얼큰한 김치는
막걸리가 제격이라며
생두부에 겉저리 한 젓가락씩
얹져 먹으니 흥에 겨워
가신 부모님 그리워 하늘 바라보며
어머니 뵙고 싶어요
조용히 눈물 고이며 읊조린다 세균아!!
물러가라 ! 물러가라!

소소한 행복이 가까이에

소소한 행복이 가까이에
다가올 때 시들기 전에
창가에 화병으로 초대 합니다

버려도 아깝지 않고
흐드러지게 피고 지는
조팝나무 첫 순은 나물 해먹고
뿌리는 해열제로 쓰고
배고픈 시절 쌀밥으로 보였던
내생을 약속하며 배불리 먹어 봅니다

푸른 하늘에 호랑나비 날 듯이
한웅 큼 후후 불어 창가로 날려
비둘기에게 소식도 전 합니다

오는 님 맞아 라일락꽃을 한껏
꺾어 보이는 것은 계절이 흐르고

있음을 자각하여 카네이션을
어머니의 정원으로 초대해
그리운 엄마의 정령을 만나서
봄꽃들의 무도회를 열어 볼까요

아까시나무

어릴 적 또래 동무들과
가위바위보하며 아까시나무 잎사귀
먼저 뜯기 놀이를 즐겼다

계단도 누가 먼저 꼭대기까지 오르나
내려와서 만세 부르나로 흥겨웠다

아까시나무 밑에 뽑기 아줌마도
덩달아 단내 풍기며 별을 찍었다

버선같이 생긴 하얀 꽃에
꿀벌들이 잉잉거리며 날아 들었다

동무들과 꿀을 빨다 벌에 쏘여
손등이 벌겋게 부어오르기도 했다

아량과 도량을 베푼 다면

아픈 사람에게는 덕담을
슬픈 사람에게도 덕담을
옹고집을 부려도 덕담을
죽고자 하는 사람에게도 덕담을 베푼다

살릴 수 있는 아량을
베푼 다면 참다운 삶을
살고자 하는 벗들도 한없이
다가와 외로움을 풀고 꽁했던
마음을 펼치고 보람찬 걸음을
걷고 능숙하게 너른 가슴을
열고 모든 걸 받아들인다면

아파도, 슬퍼도, 옹고집도, 죽음도
물리치는 아량과 도량을 지니리라.

어느 자그마한 출판 회를 보고

영혼을 아름답게 꾸민다는 것은
밤을 지새우는 일이다

들판에 야생화도 제멋대로 피는
것처럼 보이지만 때가 있다

삶이 나를 이끌어 진실이 베어 나와야
목표한 소정의 글을 떠올릴 수 있다

예쁜 글을 쓴 출판회도 폐활량이
좋아야 자신의 생각을 쓸 수 있다

몸은 아파 시드는 데 혼신의 힘으로
글을 남기고 싶다고 펜대를 꼭 잡는다

남은여생 꽃으로 시인으로 태어나
현실을 넘는 마지막 혼을 태우려고-

압력밥솥을 사용해 보니 좋아요

전기밥솥은 수명이 다 돼서
압력밥솥을 구입해
쌀밥을 해 본다

고압력 보다 무압력으로
버튼을 눌러 씻은 쌀을 안 친다

호기심에 이리저리 눌러
계란도 삶아보고
고구마도 쪄해보고
연상 시험 삼아 눌러 본다

사용설명서는 지시한 조리기능으로
취사하라고 하지만 슬쩍 예전에
하던 방법으로 자꾸 손이 간다

쌀밥은 4인용이 좋다
감자나 계란을 삶을 때는 불편하다

몇 번을 더해야 머릿수를
맞출 수 있기 때문이다

맛은 무압력으로 하면 많은
시간이 걸리고
고압력으로 하면 시간이 짧고
맛도 우리 입에 딱 맞아 좋다

얼마나 좋을까?

무심코 자신의 삶을 쉬지
못하고 자연그대로
살아갈 수 있다면
얼마나 좋을까?

뜻을 세워
자신의 의지를 굴기로
굽히지 않고 밀쳐 나간다면
얼마나 좋을까?

물소금은 간하여
허리 굽혀서 퍼질 때 까지
등짝에 땀 흘림이, 소금이 된다면
얼마나 좋을까?

거실거실 말라서 양념에
음식을 빚어낸다 하더라도 맛은
한결같아 우리의 몸을 지탱해주니
얼마나 좋을까?

얽힌 실타래가 풀리네

비 온 뒤 파란 하늘은 높고 구름은 맑고
멋져 보여 내 마음마저 덩달아 따라
가고 싶지만 현실이 여의치 않아
속앓이 하네

끙끙대며 인상 쓰는데 옹아리하는
손주 녀석 재롱에 웃음이 함박 터져
과자봉지 찾아 한입 주며
번쩍 안아 보네

쏩쓰름한 기억도 새털같이 사라져
잊었던 잡다한 일들이 스르르
잊혀가며 마음을 비우니
얽힌 실타래가 풀리네

인생살이에 더불어 나누며 생각을
바꾼다면 조금은 어색하지만
안 될 일은 없다고 뇌에
새겨 뜸 들이네

제3부

인생을 슬기롭게

여류시인의 품격

한강을 내비치는 연회장의 뜨락은
노을 지는 강물에 두둥실 뜨누나

파란드레스에 운명의 미소가 번지며
등장하는 여류시인의 모습이다

크고 작지도 않은 아담한 체구에
중저음에 싯귀가 울려 파고 든다

환호하는 시인들의 부러움은 박수다

여류시인의 인생은 화려하고 사치스럽게
보이지만 흠모하는 마음은 운률에 담긴다

바이올린 첼로의 조합이 원탁에
둘러앉은 초대받은 시인들의 맘을 울린다

첫 손님이 여자면 재수 없다는 우리
속담이 사라지는 순간이다

빅토리아호의 선장 퀸은 영원히 빛나
방방곡곡 퍼지어 빛을 발할 것이다

여드름투성이 얼굴의 고시생

맑은 하늘에 느닷없이
빗방울이 던진다
하늘 보면 환하게 웃는데
비는 차창 밖을 때리고 슬며시
손 흔든다
고등학생은 중간고사라며
귀빠진 날도
학원에 발 담가 쉬지 못하게
에미는 눈총을
주며 닦달하여 학원으로 밀어내
상이 울상이다
성장의 확실한 발판을 마음의
등불이라며
다구치는 젊은 에미의 심정도
이해하지만 인생은
여유도 느낄 때 뇌 속의 변화는
무궁무진 하다는 것도

아울러 사색한다면 여드름투성이인
얼굴도 곱게
가라앉아 안경 낀 모습도 투명하게
사물을 주시하게
될 수 있다는 것을 느낀다면 오죽
좋을까.

요들송

은행나무 밑을 지날 때는
모자를 잡아당겨서
이마를 가리고 걷는다

은행 알 떨어지면 탁하고 구르면서
발은 미끈덩 거리고
은행잎을 치마삼아
우수수 떨어진다

머플러 걸치고 파란하늘 바다삼아
메아리 높이 울려 퍼질 때
젖은 낙엽을 털어낸다

숲속에 벌러덩 누워 가릴 것 없이
팔 뻗어 만세 부르며
고된 하루는 지났다고

요로레이 요로레잇디 콧노래 부르네

욕망 앞에서 어리석어 아프다

싯귀 한 소절이 좋아서
백번 읽으니
목에 독이 올라 벌겋게
부어온다
잠보 코알라보다 근면이 좋아
육신을 당기며
아우성쳐 성심을 다해 실행을
해 보려고
뛰지만 언제나 낙방을 면치
못함이 딱하다
한번 눈에 들면 잊어버리지
못해 암기 한다
꼭 이뤄야 한다는 욕망 앞에서
어리석어 아프다
조금하고 쉬고, 조금하고 쉬기를
반복한다면
능력의 한계를 알지 않을까 하지만
옹고집이 머리를 벌떡 들어 암기하라고-

우리들의 여유로운 한 때

야외무대는
한가롭지만
분수도 너풀거리고
넝쿨장미도 나풀나풀
광고도 한바탕 휘 날린다

무대엔 옹기종기 모여
밥 때를 즐기고
커피 향에 취해도 본다

광장엔 어르신들 풀피리 불며
추억에 젖어
라디오 틀고 뉴스를
듣는다

빨간 잠자리도 꽃 속에 꿀을 빨고
바람은 얼굴을 살살 더듬어
따가운 햇살에 흰 이를 드러내 찡끗

연령층의 따라 노는 자태가 다르며
오후의 무대는 인향이 넘쳐난다

윤회

계곡에서 돌고 있는
물레방아
작은 물은 시내로 흘러가
강물로 가고
강물은 바다로 갔다가
구름으로 올라
계곡에 모여 흐른다

은행나무의 가을을 음미하며

단풍이 물들기 시작하면
은행도 덩달아 열매에서
똥냄새를 피운다

낙엽 지며 대롱대롱 거미줄에
매달려 열매를 떨어뜨려
밟는 이 휘청거린다

비도 가끔씩 촉촉이 내려
발길을 옮길 때 마다 잎 새의
그림자를 적신다

옷깃에 바지가랑이가 젖어드는
쓸쓸한 날씨에 바람까지도
스며드니 을씨년스럽다

이모와 봄나들이 가지요

인사동 쌈지 길을 가려면
전철을 이용 합니다

종로에 차가 붐벼도
군중이 운집해 있어도

늦지 않게 갈 수 있는
교통수단은 전철뿐이죠

문화에 조예가 깊은 이모와
궁중수예품을 보고 있노라면

뱃속의 시계가 용틀임을 하지요

인생을 슬기롭게

고통의 바람이 불어도 스스로
슬기롭게

대처한다면 바닥인생도 역시
슬기롭게

병마도 생의 압박에서 벗어나
슬기롭게

백의로 소천하기 전까지 으깨어
슬기롭게

고전을 면치 못하는 자세가 용기를
슬기롭게

버티어 끈기에 잠입한다면 좌절은
슬기롭게

한손에 인내를 한손에 삶의 덕망을
슬기롭게

대처한다면 젊은 생명도 무수히 견디어
낼 봄 하지요

작은 뇌에 생각이 모자라

봄비가 부슬부슬 내리네

가슴의 품은 듯
알기라도 한 듯이 내리네
몸에서 한기가
서려 둥굴레차에 입대고
가만히 쳐다보니
운악산에 올랐을 때 풀숲에
다리 뻗는데
둥굴레가 흩뿌려져 갸웃이
새잎 내며 배시시 내민다

새초롬한 떡잎에 끌려 손이
가는데 도토리가 툭 치며
나무에 뜨끔해져 자연에도
생명력이 있다고 일갈 한다

우주보다 작은 뇌에 생각이 부족해
당장에 현실에만 과욕했던 것이
모자라서 쑥스럽다

지렁이의 거룩한 인생살이

날씨에 따라
마음이 싱숭생숭
가슴을 울렁거리게
흔들어 가로수 변을
핸드백 미고 마후라에
선글라스까지 끼고
모자도 뒤집어 쓴 채
사색에 잠겨서 앞만 보고
터벅터벅 말없이 걷는데

보도블럭에 굵은 지렁이가
축 늘어져 수명을 다한 듯
다리 펴고 널브러져 초상을
치러달라고 떼 쓸 때 청소부가
대비로 훌쩍 풀밭에 내던 진다

인생살이에 있어서
더 낫고 더 부족함 없이
마지막에 초목에 양분이 되어
사라지는 지렁이의 거룩한 인생살이다

직지古 인쇄박물관을 돌아보고

청주의 고 인쇄 박물관은
지붕이 버섯모양으로 특이하다
문화해설사의 애끓는 직지의 사랑은
듣는 이의 심금을 울리며 귀 기우리게 만든다

목판본, 금속활자본, 목활자본의
실물을 손으로 만지고 느껴보라 말 한다
목 활자본은 표면이 매끄럽고
금속활자는 까끌까끌하다
가슴이 두근두근, 펄떡펄떡 뛰며
용틀임을 한다

여행의 참맛은 역사를 알아가는 묘미에
다니는가 보다
누렇게 뜬 닥종이에 속지는 초주지로
금속인쇄를 찍어 냈다고 했다

쿠텐베르크의 금속활자로 인쇄된
'42성서'보다 앞섰다는 것을 기억하라고-
흥덕사에서 백운화상이 첫 인쇄한
'직지심체요절'을 발견한 박병선 박사의
나라사랑이 눈물 겹다

병인양요 때 강화궁내부의궤보관소에서
약탈해 간 우리의 인고의 삶을 유네스코에
등재해 찬란한 햇빛을 본 것은 동양의 작은
여인의 피땀 흘린 개가다
극락전에 가서 편히 잠 드소서

추억 속에 청포도는 익어가네

가을 포도의 맛이 일품이네요

예전에 태릉 잔디밭에서
홍보사진 찍으며 청포도
한 알을 맛나게 먹던 모델이 떠오른다

침이 꿀꺽 넘어가 사래가 들어
기침을 하던 추억이 달달하고
부드러운 액체의 청포도가 눈에 선하다

가을에 비치는 청포도는 입맛이 당겨
철없던 젊음을 털어내듯 군침이 도는
그리움을 자아내 눈망울에 맺히네요

눈동자에 그윽이 잠겨 무지개 뜨지요

묘약의 권총

까맣고 한손에
꼬옥 쥐어지는
나만의 권총이다
신경을 억압하고
우쭐거리는 모습은
가히 알아줄 만하다
발바닥에 온 신경이
모여 있다고 귀 띔 하면
밑져야 본전이다
TV앞에 홀연히 앉아
발바닥을 슬슬 문지르면
딱딱하고 굳은살들이
묘약의 권총에 전율을 느껴
멀쩡한 피부를 콕콕 쪼아
아찔하고 쭈뼛하여 신경을
자극하며 전신의 약발을
가하는 묘약의 권총에
푹 빠져 만지작만지작
신문 보며 연인을 보듯이
권총을 놓지 못하지요

포토샵

외모와 내속의 나는
같을까? 다를까?
강사는 포토샵으로 추녀를
미녀로 둔갑 시킨다

서로 살피며 웃고 떠드나
실은 다르다

젊음과 늙음도 순간의
동작으로
변하나 진실은 언제고
제자리다

마음먹기에 따라 여인의
향기도 사라진다

목련도 고고하지만 질 때는
누리끼리하다

현실이 포토샵으로 눈가림 치지만
내안의 나는 항상 싱그럽다

푸르른 창공을 배회 하누나

마음이 울적하면 달이 뜨고
마음이 홀씨 되어 날아가고
마음이 장작불에 타 오른다

작금의 세월에 벗도 가고
작금의 세월에 건강도 가고
작금의 세월에 입맛도 쓰다

헌신의 봉사는 힘이 딸리고
헌신의 봉사는 웃음이 옅어지고
헌시의 봉사는 여유로움이 사라진다

마른 가랑잎만이 바삭거리며
따사로운 운기에 축축한 냉기는
밝고 푸르른 항공을 배회 하누나

합평은 시리다

타인의 시선이 오면
얼굴 반쪽이
시리다
타인이 본인보다
잘하면 더욱
시리다
글이나 외모보다도
실력이 클 때도
시리다
글을 쓰면 합평을 하는데
강사의 말 한마디에
희비가 엇갈려
시리다
강의가 종료되어 쫑
파티가 화해와 화목한
분위기 속에 이루어지면
시린 마음은 사라져 파리한
얼굴이 감빛으로 물들어
즐겁기만 하지요

토사물이 밥상에 널 부려져

냉면을 먹고 싶다던 지아비와 나들이차 중부시장으로 차를 몬다

오장동할머니냉면집에 주문하고 맛보는데 기침을 하여 토사물이 튄다.

아들은 두말없이 물수건으로 입과 손을 닦아 드려 깨끗이 정리하고

주위의 시선도 아랑곳없이 "괜찮아요" "어서 드세요" 하는 모습이

왈칵 눈물이 차 고개 돌리는데 냉면집에 있던 객들도 언제 그런 일이

있었냐는 듯 조용히 젓가락을 놀리며 사리를 먹기 시작한다.

묵묵히 먹던 냉면을 비우고, 늙은 아버지의 시중을 드는 자식의 마음이

믿음직스럽고 언제 저렇게 컸나하니 어색했던 분위기는 사라지고 자식도

얼른 냉면을 비우며 마음을 안정시켜 주네요.

형님의 애환

정답던 형님이 떠나니 빈자리가
덩그마니 둥근달에서 그믐달이 됐네

어려운 살림 부유하게 살아 보려고
발버둥 치니 아가들 자라서 대학 갔네

부모님 1,4후퇴 때 보내고 벙어리서방님
뒤치다꺼리 하다 손 습진 아물 날 없다네

억센 시누이들 등살에 허리 펴며
다리 뻗고 잔 날은 손꼽아 며칠이든가

고개 주억거리며 손꼽아 봐도 눈안개
자욱이 쌓여 시름 앓던 우리 형님…

안식처엔 꽃방석이란 이름이 지워 졌네요

호국영웅들의 시를 읊으며

호국영웅들의 시를 읊으며
낭송대회에 임하는
여인들의 목소리가
슬픔에 잦아 드네요

지아비 떠나보내고
아들까지 떠난 자리에
어머니 홀로 키운 손자 생각에
눈물까지 글썽 거리네요

허리 굽은 백발로 돋보기 끼고
둥근 테 너머로 흘리는
낙수는 세월의 포탄을
맞으며 살아온 나이테가
가슴 안에 자욱이 파묻혀
74년이란 지난 세월에도
눈시울을 뜨겁게 달구네요

제4부

흥겨운 한마당

회암사지

천보산 기슭에 자리한 회암사지는
바윗덩이만 보이고
멀리 8단지는 태조집무실이 있던 곳에
웅장한 절터만 보인다
여유로운 풍경이 쫙 펼쳐지는 회암사지엔
회암사의 건물만이 있고
나옹대사, 무학대사, 인도의 지공대사
고명한 스님들이 정한
풍수설이 바람에 휘감겨 미래를
점지하며 토혈한다
돌이 아닌 목재로 건물을 올리다보니
비바람에 쓸리고 외세에
견디지 못하고 불타버린 회암사지는
태조의 흥망을 예견한 듯
후손들의 자유로운 연날리기가 한창이고
미로를 헤매며 허걱 대고
길을 잃어 아이들 궁둥이만 쫓다보니
어느새 길이 훤히 보이네

흥겨운 한마당

흥겨운 한마당
행사를 치르려면 날씨가
우선 걱정이 된다
토요일에 비가 온다는
예보가 뜨니 폰이 아침부터
울려 퍼진다
내 마음 네 마음 할 것 없이
한 마음이 되니 좋다
행사에 비는 불청객이라
마음이 콩콩 뛰어 소식
전하기 바쁘다
'관세움보살나무아미타불'
지혜로운 부처님의
아량으로 비는 뚝!
어린이의 애끓는 사연이 물에
희석되면 슬퍼지니
베플지어다
어린이 백이십 여명의 그림솜씨가
활짝 핀 햇살에 빛나기를
간절히 바랄뿐입니다.

돌출하는 모습을

역경을 딛고 굳건히 일어섬은
또 다른
청운을 불러 새로운 섬김을
낳아 풀어진
인내를 지지대로 버티고
뚝심을 발휘한다면-

부족함을 밀어내어 어엿이
제방을 쌓고
듬뿍 물을 불어나게 저장하여
내년 농사에도
차질 없이 넉넉하고 풍요로운
자비심을 일군다면-

한바탕 수확을 늘려서 더할 나위
없는 푸른 심정을
확연히 돌출하는 모습을 겷 없이
농작물은 활활 타 오르리라

설악리조트에서 조식을 즐기며

설악리조트에서 조식을 즐기며
파도의 흐름에 눈이 시리다

싸악 밀려왔다 가는 포말은
부서지고 부서져도 다시 돌아오는
역경을 되풀이 하며 금강송 사이로
번쩍 밀려들어 세력을 키운다

아련히 알래스카 크루즈에서
조식을 먹던 때가 눈에 선하다

태평양의 고래 떼의 시커먼 춤사위와
유빙위의 갈매기 물고기 낚으며

빙하가 부서져 내리는 파란 모습은
형용할 수 없는 천연의 영상이다

동해바다에 넘실되는 포말은 작고 약해도
우리의 바다 푸르르 기만 하다

세월이 약이라고 하는 군요

아침에 뿌연 창문을 여니
간밤에 비 온 흔적이 남아
땅이 촉촉 하네요
어째 수능 때만 되면
날씨가 추운지!
가슴은 타는데 옷깃은
여며야 하고
손은 곱은데
연필은 쥐야하고
괜 시리
심통이 나요

공부는 아이만
하는 것이 아닌데
촛점이 자꾸 흐려져
시선이 떨구어 지네요
마음은 다급해져도
여유부리고 싶지만
현실이 여의치 않아
속앓이는 더 하게
되니까
세월이 약이라고 하는 군요

앎을 깨치고 싶다

머리 싸매고 자신의 부족을
찾아내 치유하고 싶다

흠결이 무엇인지 한번쯤은
황토에 거름 줘 밝히고 싶다

옥토가 되긴 힘들어도 메마른
황야의 사막에 이룸은 막고 싶다

작은 바램을 커다랗게 부풀려도
싫고, 그저 조그맣게 갖고 싶다

무엇이 진정 작가 인지 알고 싶고
무엇이 진정 시인 인지 알고 싶다

인격을 갖춘 사람으로 살아가며
자신을 다듬는 기회로 삼고
진실한 사색을 명상으로 삼고
아픔을 진실한 마음에 아로새기면서
흠을 다스리는 앎을 깨치고 싶다

위력을 한껏 발휘하며

갈바람 맞으며 숲길을
따라 조용히
걷다보니 오솔길에는
낙엽이 뒹굴고

멀리 보이는 도봉산엔
만인봉이 우뚝 하죠

넓은 한지에 큰 붓글씨를
한 획 삐치면
순식간에 산골짜기 사이로
꼬리를 감추고
그렸던 획은 소나기로
변해
시커멓게 우르릉 번개 치며
소나기를 뿌리죠

무덥던 산야를 시원하게
훔치며 갈바람의
위력을 한껏 발휘하고는
갈대의 허리에 슬쩍 기대보죠

조용히 자리를 내 주네요

걱정을 털어 버리고 바바리에
코트 걸치고
바람에 스카프 날리며 철교 위
중랑천 사이로 빠지는
시냇물은 줄기차게 몽돌사이를
넘나들며
갈대숲을 헤쳐 붕어는 숨바꼭질에
여념이 없다

경춘선 숲길을 사색에 젖어 무작정
걷다보니
구절초 가꾸는 어른의 정성에
초점이 맞춰져
한 컷을 인증하고 커다란 장미꽃에
눈 맞추고
볼이 붉어져 덩달아 웃는 탐스러운
수국도 때가 되니
조용히 자리를 내 주네요

치맛자락 잡는 꼬마의 마음

연습에 연습을 거듭해도
돌 머리는 두드려서
익혀야 한 대요

작은 야생화는 뭉쳐야
예쁘고 흩어지면
볼 품이 덜 하죠
공책도 써서 나달나달
해져야 기록이
남는 대요

가래도 내뱉어야 찌꺼기가
버려져 가슴속이
시원하대요

공원에서 도토리 줍는 아지매의
치마 자락 잡는 꼬마도
웅얼웅얼-
낙엽은 빗자루로 쓸어 바람에
날려서 비에 젖어도
탓이 없지요

흑사탕 되어 단물은 빠지고

여러 길을 걷자니
셈이 안 되네요
이쪽도 저쪽도 단풍이
고아 보여요

어디로 가야 하나 곰곰이
머리 굴려 봐도
믿고 걸어도 될까 아니면
그냥 갈까

첫 경연에 헛디디면 다음은
일 년이 홀러덩 가고-

한은 응어리 되어 배암이 또아리
틀어 흥분할 때
체중이 저하되고 눈은 퀭하니
볼 상 사납고

밝은 모습은 흑사탕 되어 단물은
빠지고 통념에 훌쩍 댑니다

묵언 속에 소명을 다 해

얇으면 밟히고
약하면 찍히고
멍하면 튕기는
우리의 현실이 두려워

작은 일도 꾸준히
묵언 속에 소명을 다해
때를 기다린다면
청룡은 내 품에 돌아온대도

쉬워 보이지만
막상 닥치면
어떻게 해야 할지
망설여져 버벅 돼지만

차분히 가라앉아
쓸개의 씁쓰름한
맛이 혀에 닿을 때
내 생은 처음이라 의욕이 솟구쳐요

흥분을 접고 자양분으로

생각을 접으니 자신의 처지를
살피는 능력이 여실히
들어난다
아는 듯 했지 만 모르는 것이
장점이자
단점으로 자리매김 하려고
똬리를 튼다

사심 없이 은연중에 받고는
내 것으로
만들 때 서걱거리는 몸기관의
배려는 마른
낙엽처럼 바스락 되며 오솔길을
거침없이 내 딛죠

서서히 나머지 폐 철도는
흥분을 접어 자양분으로
가벼워진 마음을 정신력으로
힘 겨운 마음을 새털로
용솟음치는 내일을 맞고자 하지요

메타세콰이어 나무들 사이에서

영해면 메타세콰이어 나무가
훌쩍 키 자랑을 하네요

하늘 높고 바람은 살을 간지러
따갑고 눈썹 같은 늘씬한 몸매다

가로세로 훤히 튀여 산책하기에
반려견 데리고 먼 산에 윙크하지요

몸매 가꿀 필요 없이 쭉쭉 뻗은
수삼나무는 엉킴 없이 자연을 느끼죠

봄 잎은 초록이고 가을 잎은 노란색으로
나무테이블에 앉아 쥬스 한 모금 빨고

새소리 바람소리에 먼지 툭툭 털어내며
까치 불러 먹이 나누며 가던 길 가죠

빅토리아 부차가든

캐나다 빅토리아 부차가든을 크루즈를 타고 항구에서
내려 국경선을 넘어 가는데 여권도 검색 없이 무사통과다

미국과 캐나다의 경계선이라서 그렇단다 . 관광객에겐 미국과
써비스 차원에서 맺은 협상이라 한다, 특히 크루즈여행객에게만,
검색 없이 지나니 좋고 정원이 항구에서 가까워서 기분 좋다 .
꽃의 나라 정원의 입구에 줄이 쭈-욱 서서 차례를 기다려 입장한다.
왼쪽으로 걸어 내려가면 바위, 연못, 가로수, 작은 폭포 등이 즐비하다.
꽃들도 파랗고 빠알 갛고 , 길고 짧고, 세모고 네모고 원형이고, 세모꼴로
바위도 꽃이요 나무도 꽃이요 벤치둘레도 꽃이요, 오솔길도 꽃으로 장식되어
흙이라곤 없고 보도블럭 사이사이 잔디와 난쟁이 꽃으로 듬뿍 피었다.
구경하다 다리 아프면 아무데고 쉬어 눈높이 꽃을 보고 시원한 레몬에이드

한잔에 카페구경도 향기로 가득 차 절로 어깨춤이 들썩인다.

아쉽다면 각 나라의 정원이 존재하건만 유독 한국의 정원은 없고

일본정원은 조용하게 자리 잡아 관객의 호응도가 매우 좋아 보였다.

런던의 고궁에도 한국의 정원가의 작품이 등장했다는 보도는 아주 깔끔하다. 우리나라 공원에나 한강 선유도에도 조경가들의 작품이 등장하고 있다는 반응이다.

외도 보타니아 정원

거제도를 거쳐 유람선에 오르면 외도의
정문이 멋지게 유람객을 맞는다
해금강도 파랗고 바람의 언덕도
내려가면 풍차가 손님 접대하느라
빙글빙글 돌아 내부를 쉽게 열어준다

덩치 큰 선인장열매 백년초도 열리고
잔디엔 작은 조각품도 여럿이 자리하고
그리스신전 같이 백색의 정원엔 여신들의
조각상도 백색의 드레스 걸치고 동양의
여신들을 압도할 것 같지만 아쉽게도 없네요

유람선에서 먹는 갓 잡은 생선회도 처음
먹어보는데 신선함이 오각을 자극하지요

맛이 어찌나 좋은지 내 곁을 보니 그쪽도
초고추장에 취해 정신이 없어 하지요

해파랑 공원

영덕 강구항에 매립지 조성사업
일환으로 해파랑 공원을
조성했다
문학여행을 목적으로 고향
찾아 삼만 리 싱싱한
대게여행을 갔다
너른 공터에 눕는 의자, 등 붉은
대게가 가위손을 번쩍
들어 올린다
야식으로 식당에서 한 마리씩
쪄서 준다고 하니 군침이
돌아 얼른 씻는다
막상 입에 대니 가족생각에
먹긴 먹으나 지아비
생각에 꾸린다
장시간을 버스타고 오려니
도착하기도 전에
꾸벅 댄다

장사 상륙 작전에 학도병의 어미는 운다

러시아에 여행을 할 때 군함의
내부를 열어 전시장을 열거 한다
무기에 훌륭함을 돌아보았을 때
강대국의 능름함을 뼈저리게 느꼈다

6.25 장사리 전투 때 북한군과
싸운 군함이 존재하여 학도병의
잔해가 국군의 VR로 보여줘 혹한에
먹을 것이 없어 짠물로 채우고 굶어
죽은 어린 학도병의 모습을 볼 때
울컥 눈물이 솟아 감사를 드린다

어머니는 학교 간 줄만 알았던 아들가방이
유리관에 전시된 것을 보고 가슴이 찢어진다

태풍 케지아로 문산호가 좌초되어서
살려고 배에 외줄을 타고 오르다 떨어져
뒹구는 뻘밭의 빠진 학도병의 시체는 늘어가고
낙동강의 방어선에 투입된 북한군 교란 작전에
학도병은 대책 없이 시체는 쌓여만 가고 진눈깨비는....

전쟁은 없어져야 한다며 말하지만
학도병들의 뒷바라지를 헌신적으로 하는
부모의 입은 굳게 다물어 처절함뿐이다

자신의 성장 과정 이지요

봉사는 누굴 위해 하는 것이 아닌
자신의 성장과정 이지요

많이많이 알아도 적게 아느니만
못할 때도 존재 하지요

타인을 이해하고 더 타인을 배려해
같이 동참하자는 어려움이 있죠

생각이 다른 사람을 인도하는 것은
무한한 인내가 시작 되죠

분주히 돌아가는 세상에 벗으로
반려견이 옆에 있다는 것 이죠

너를 알고 나를 안다는 속담이
훈풍 속에 화합을 이루어 주죠

난간엔 다육적 꼬마식물이 즐비 하네

교동도의 역량강화 워크샵 나들이는
분과별 모임 때 보다 회원이 많았다

어색한 위원도 낯익혀 대화하며
부드러워져 평상시보다 활력이 넘친다

한식집 안쪽엔 다육적 꼬마식물이
다복히 모여 단결을 자랑한다

손님맞이에 관리도 질세라 주황색
봉오리를 꼬옥 다물고 미소 짓네

입구를 오르는 길목에 꽈리꽃을 보니
입이 터져라 꽉꽉 불던 추억이 되살아나

옆 사람에게 물었더니 나이 탓을 하며
모른다고, 연륜은 보배스러운 것인데...

나이타령을 하는지 궁금할 뿐이다

지금은 폐결핵으로 먼저 간 이모

미동학교에 다닐 때
이모는 상냥하고 친절하며
잘 웃는 귀여운 초등생이다.

공부에 욕심도 많고
그림도 잘 그려 뒷 칠판에
걸리면 자랑했다

학부모들이 학교에 오면
이모는 생글거리며 앞뒤로
달려 힘의 균형을 잡아
오뚝이 같이 교단에 서서
발표를 하면 우뢰 같은 박수가
터져 부모의 존재감을 한껏
함양해 미동의 횃불이 되어
크나 큰 바위로 우뚝 섰지만.....

지금은 폐결핵으로 먼저가
교실엔 그림자만 어른거려
조병화시인의 싯귀 만이 백년을
기리며 청룡에 꿈을 펴고 있다

제5부

잉걸불이 되어 빛날 때

독거노인의 외로운 마음에

커튼을 거두니 함박눈이
솜사탕 같이
나무에 보도에 정원에
소복소복 쌓이네
길은 눈으로 얼어붙어
미끄럽지만
신발자국엔 흰쌀밥이
이팝나무처럼
피어나 백설기 한쪽씩
나누어 주네

X-mas는 산타의 등짐에
동전 한 닢 보태
독거노인의 외로운 마음에
촛불하나 밝혀
차갑기 만한 한파에 온정을
실어 미역 한 올에
듬뿍 달덩이 얹어 부드럽게
목 축여
털장갑 하나 마련해야 겠네요

만나니 情이 애틋해 지네

일 년의 마무리인 송년회 만나니
가까이도 멀리도 아닌 삶에
모두 힘들었다 하네
자식들의 사랑에
자식들의 지킴에
자식들의 손자까지
늘어나는 걱정과 주름에
밤낮으로 근심의 끈을 놓지 않았던
사건들의 맥락에 굳건이 젖어
완전한 하루를 보낸 시점에
잊혀져 가는 지난날들에
그리움과 다가올 날에
마무리할 의미는
지극히 혼자의
몫이 되는
자아가
되네

꿈은 커질수록 좋아서

한해의 마무리는 올해
창작시집의
품절 이죠

뜻밖의 지인의 도움에
환희를 느끼며
울음을 삼켜 침묵을...

다하지 못한 정성을
지면에 담아 간직하고
갑진년을 맞는다

벽 찬 포부를 펼쳐
청룡이 되어 보고 싶지만
과하다 하는 눈초리에 그만...

꿈은 커질수록 좋아서
냅다 달려가 부처님의
자비에 두 손 모아 향불 피웁니다

물건들 틈새를 비집고

자식이 성장하면 독립을
요구하며 정든 집 떠나 네
같이 살다 떨어지면 한쪽이
쓸쓸해지는 모양새다
밥상에 숟가락 세 개가 둘로
허전한 느낌이 든다
의자가 하나 줄고
반찬의 양도 줄어들어 조금
설렁하다
늙음과 젊음의 패기가 응축될 때
의기소침하던 분위기는
활기찬 푸른 공기로 비타민이
솟아나 축 처진 어깨는
태양빛에 발그레한 얼굴로
흩어진 내 집 공기를
따스하게 보다 듬어
방안의 진열된
물건들의 틈새를 비집고
반려견도 꼬리 흔들며
이구석 저구석
넘나들며 온기를 듬뿍 발산해
사람 사는 냄새를 풍겨 주지요

버티어 삶을 이어 나갈 때

삶의 뒤안길에 짝꿍의
사별은
쓸쓸 해지는 마음의
시작이다

네가 있고 내가 있음에
서로의
온기로 버티어 삶을 이어
나아갈 때
비로서
재미는 젓국이 되어 곰삭다가 김치로
변화되고
가족의 입맛은 달구어 삶의 실낙원을
일궈져
과거의 잔재를 무던히 쓸어내 재 둥지를
탐해야
하지 않을 까 눈을 비벼보네

손 뻗으면 닿을 듯

생각은 멀고

현재는 가깝고

손 뻗으면 닿을 듯

팔 짧으면 닿을 듯 말 듯

애타게 늘려 보지만

맘과 다르게

허공으로 나르니

이내 마음 옹졸하기 짝이 없다

솔가지 위로 날아가다

눈이 올 것 같은 날씨가
스산하다

두 손 펼쳐 하품하는데 참새
한 마리 푸드득

솔가지 위로 날아올라
모이 주며

새끼들과 오붓하게 콕콕
쪼아 허기진

배를 채우고 눈 위에 새발자국
남기네

어미의 새끼 사랑은 풋풋하고
아늑한 아침을

맞아 따가운 햇살에 눈부셔

쓴 것이 약이다

곰은 우리하고 같은
인간이다
단군의 자손이며
마늘 먹고 굴속에서
백일을 견딘 인내다
지금 생각하면
원시인의 생활이다
굴속이 여름엔 시원하고
겨울엔 따뜻하기 때문이다

어떤 난관이 닥쳐도
꾸준히 고통을 견디어
낸다면 하고자 하는
욕망을 이루지 않을까
당장엔 아프고 쓴물이
목구멍에서 넘치더라도
'쓴 것이 약이다'라는
우리의 속담이 있듯이
세 번만 忍耐 한다면
자신을 다스릴 수 있지
않을까.

어쨌든 만나 보아야

해도 지면 다시 뜨는데
하물며 어제
언쟁이 있었다고 외면
할까봐

어쨌든 만나 보아 결말이
날 일 이니
한번 부딪쳐 보자 입 앙 다물고
만나니

얼굴엔 파안대소가 번져 손잡고
흔들어 대며
어름은 녹아 맛좋은 떠리원
체리쥬빌레 되네

잉걸불이 되어 빛날 때

며칠 예약이 없어 푹 쉴
때도 있어서 시집을
놓지 않고 읽을 때
혹시 좋은 소식 없나하고
뒤적거리는데
뜻밖에 동료의 방송 출연
소식이 떠
한동안 뜸하다가
한번 불이 당기니
잉걸불이 되어 빠르게
확산돼 번지네
대기만성이라 했던가
기다리다 보니 삼매경에 들어
온 누리를 휘저어 침침하던
세상을 훤히 밝혀주네
화염은 세차게 오르다 소나기를
만나면 순식간에 꺼진다 해도.....

청룡이 나래 펴고 찾아온다 하니

빗님은 쉬지도 않고 내리지만
손님은 모이지요
송년회 때 작가들이 나타나면
기쁨으로 맞지요
차도 없이 걸어 목적지에 이르니
분위기가 침침해요
삼색 우산이 서로 얼굴 맞대고
어서 오라지만요
자리에 앉으니 웃는지 우는 지
초라한 모습들에
화려함은 사라지고 초췌하게 젖어
애기꽃이 줄어 들지요
빗님도 연말은 공손히 수고 했다며
일 년을 악수하고
손잡아 주면 어떨까요? 욕심일까요?
손사래 치고 맙니다
어디 가나 키오스에 치어 먹거리도
즐기기 힘 드는데
청룡이 나래 펴고 찾아온다 하니까
기대해 보며 웃지요

추워서 방에만 있자니 더욱 추워요

추워서 방에만 있자니 심심해
현관문 열어젖혀
털모자 뒤집어쓰고 코트 걸치니
스크루지 영감이다

눈바람에 마스크까지 써서 완전
무장하고
경비가 대비로 쌓인 내린 눈을 쓸어
보지만 그대로다

차창에 쌓인 백설도 한 치의
양보도 없이
얼 다가 녹아 투명한 유리창으로
거듭 언다

차장 밖을 지긋이 훑어보니 베란다에
고드름은 떨어져
우리 방탄차를 올려쳐 눈까풀 적시며
파란 하늘에 발 담 그네

활기 찬 바람에 실려

캐시워크 일만 이천보를
마감하고
개인사무 보러 나가려는데
지아비에
등짝에 햇발이 활짝 펴져
하루가 밝다
앉아 있기보다 서서 죽겠다는
결심에
걸음아 날 살려라 달아나듯
잽싸게
운동화 찾아 신고 만장봉을
우러러
눈 한번 질끈 감고 활기차게
바람에 실려
격하게 오르고 또 올라 패기를
자랑하니
찬바람에 똥 모자 쓰고 헉헉
대는 삶의
격한 박동이 울려 도전을 거듭 하네

관조의 새김이 먼저 필요하다면

무심히 자신을 책망하기 보단
관조의 새김이 필요하다면

바다에서 놀다 진주를
떨어뜨리면 바로
물결 속을 헤집어
흙탕물을 만들어
뿌연 물이
맑아질 때
관조하면 쉽게
진주를 발견 할 수
있지만 아쉬운 맘에
흥분되어 손톱으로
긁어 파헤친다면
진주를 건져 올림은
허사가 되지 않을까

경거망동은 禍를 부를 뿐 이라네

눈가가 촉촉이 보일 때

우울함 모습의 영상보다는
영롱한 모습의 영상이 뜨니
같은 값이라면

다홍치마라는
격언이 있듯이
웃어야 보기 좋고
칙칙함보다 살색의
연분홍 아기 살빛이
눈가에 촉촉이 보일 때

어두움 살라먹는
여인의 모습은 소박하고
청초하여 붓으로 휘갈겨
한 폭의 벽화로 남기고 싶다

망치질하는 노동자

의원회관에서 낭송을 마치고
귀가 길에 두 갈래 길에서 네비를
혼동하여 다른 길로 빠졌다

검고 커다란 물체가 망치질에
여념이 없이 35초 간격으로
허리를 굽혔다 폈다 하늘을 향해
망치질을 해 댄다

고독을 율동으로 미화시켜
느림이 없이 고정적으로
망치를 대지로 내려치는
노동자의 굴신은 아날로그에서
디지털로 바뀐 후 육체적 활동이
점점 감소하고 있음을 말 한다

노동의 가치를 상실해 가는 시대에
'해머링 맨'에 쉬임없는 망치질은
힘이 불끈 솟는 노동자에 대한
존경의 겉치레 만이 아닌 아버지
세대의 마른 외곽선을 응시하게
만들어 코끝이 찡해졌다

여인의 치장은 무죄다

여인의 치장은 무죄다
타인의 외모를 훤히
보는 잣대다

밉상도 그리면 달리 보여
검정도 희게 만들면
뽀샤시 하다

한결 나아보이고
점하나 찍어도
아니 찍은 것보다
훨씬 나긋해 혈색도
한몫 거들어
머리 장식도
명품 가방도
색상에 따라 진열한다면
가치는 치솟아 여인의 꾸밈은
팔짱끼고 넋 살 좋게
품위를 유지하지요

꽃잎은 눈꽃이 되고

나리는 눈을 베란다에
서서 물끄러미
그려 본다

정원엔 개 대신 냐옹이가
뛰기보단 나목에
기대어 있다

꽃잎은 눈꽃이 되고
눈꽃은 함박꽃이 되어
소한이 됐음을 알려 준다

고목 속의 새싹이 고개를 들어
추운 겨울을 눈 속에 포근히 안겨
봄의 문턱에 왔음을 울려 주네

자식들은 에미의 손길을 그리네

자식들이 머리가 커서
부모들 세대를
넘나 든다

본인이 어릴 때 느낀 것을
조금 되받고 있으니
철이 드는지–

콧대가 높아져 귓전에 안개가
서려 모락모락 피어나
심기가 어지럽다

고3이 되는 손자 녀석이 집에
오면 할머니의 존재가
까칠하다고

자식은 탓하지만 에미의 손길은
언제나 다정하고 따뜻해
미디어 영상이라고.

묵혔던 사연들이 한꺼번에

내면을 살그머니 백지에
투영한다면 속은
비어 허전하죠

조금만 보여도 화끈한
모양은 냉수에
적셔 식히죠

사그라지는 열정을 끌어
올려 담금질을 하는
동안은 검죠

사연도 얽히기 나름이지만
상처에 들이 붙어
이명래 고약이죠

묵혔던 사연을 한꺼번에
씻어 한방에 날린다면
뻥 뚫려 시원하죠

허나 심연은 딴청을 떨어 골치 아파요